蒙古国文学经典译丛

罗·乌力吉特古斯诗选

哈森 译

[蒙古] 罗·乌力吉特古斯 著

内蒙古人民出版社

图书在版编目(CIP)数据

罗·乌力吉特古斯诗选/(蒙)罗·乌力吉特古斯著;哈森译.
－呼和浩特:内蒙古人民出版社,2017.7
（蒙古国文学经典译丛）
ISBN 978－7－204－14881－3

Ⅰ.①罗…　Ⅱ.①罗…②哈…　Ⅲ.①诗集－蒙古－现代
Ⅳ.①I311.25

中国版本图书馆 CIP 数据核字(2017)第 184029 号

罗·乌力吉特古斯诗选

作　　者　[蒙古]罗·乌力吉特古斯
译　　者　哈　森
责任编辑　于汇洋
封面设计　苏德佈仁
出版发行　内蒙古人民出版社
地　　址　呼和浩特市新城区中山东路 8 号波士名人国际 B 座 5 楼
印　　刷　内蒙古爱信达教育印务有限责任公司
开　　本　680×960　1/16
印　　张　11.25
字　　数　156 千
版　　次　2017 年 9 月第 1 版
印　　次　2017 年 9 月第 1 次印刷
印　　数　1—3000 册
书　　号　ISBN 978－7－204－14881－3
定　　价　28.00 元

如发现印装质量问题,请与我社联系,联系电话:(0471)3946120

我是云，是雨、是雪，是忧伤和星辰

林 莽

一

诗是什么？它到底来源于哪儿？读蒙古国女诗人罗·乌力吉特古斯的诗，让我再次坚定了我以往的认知：诗来源于一个有语言天赋的人的内心，来源于字里行间渗透出的某种自然而神秘的韵味。

有人说诗人是天生的，我同意这种判断。对自然万物的敏锐，对一切细节精确的把握，独具天赋的语言能力，灵动的生命感知与领悟，不断积累的生活经验和文化经验的融会贯通，构成一个诗人的基本属性。

诗意到底存在于哪儿？到哪儿去寻找那些闪烁即逝，又在不经意间显现的诗意？在那些分行的句子中，到底是什么打动了我们？在行与行之间，在词语和词语之间，在字与字之间，我们知道，那些相互碰撞、相互抵消、相互依赖、相互构成的某些不可知的神秘，语言内在的音乐性等等所带来的无限韵味，都是属于诗的。因而弗罗斯特说："诗歌是翻译丢失的那部分。"他的意思是说，诗在某种特定语言之中的韵味是不可译的。但好的翻译家，在翻译过程中，用另一种语言进行着再创作。优秀的翻译者，同诗人一样值得尊重。

二

　　阅读诗人罗·乌力吉特古斯的诗，让我想到了世界上那些天才的女诗人们，她们与生俱来的细腻、敏锐、易感、冲动，对生命与自然的无私的爱，她们的善良与纯洁，对爱的真挚与心灵的炽热，让诗歌艺术具有了更为高尚与明媚的力量。

　　同许多女诗人一样，在诗人罗·乌力吉特古斯的诗歌中，具有源自女性的自我审视，但不是那种自怜自艾，自我中心式的自恋而造成的狭隘的自我抚摸，而是一种对内在心灵的发现和认知，是"度母无意间挥笔的残缺画像"，是不足之中的依旧美好。"生活的美好折磨着我"，"我不是表面中的我"，"我承载的忧愁／我忍受的痛苦／我妥协的爱，才是我"。她执着、任性、温和地"在黑暗中散发着光芒"。

　　　　看见山峦就知道自己是山
　　　　寓目雾霭就发觉自己是云
　　　　细雨纷飞后感觉自己是草
　　　　鸟儿开始鸣叫就想起自己是清晨
　　　　我不只是人

　　　　星光闪烁时知道自己是黑暗
　　　　姑娘们的衣衫单薄时想起自己是春天
　　　　当世间所有人散发同一个愿望的气息
　　　　才明白我向来安宁的心是属于鱼儿的
　　　　我不只是人
　　　　　　　　　　　　——《看见山峦就知道……》

　　诗人将自己与自然万物融为一体，也因此她在雨中，在雪中，在深夜的寂静中，在镜子里，在一切的时光中都是存在的，也因此她的周围，她的身心，所有的一切都是鲜活的，都是有情的。

罗·乌力吉特古斯的诗歌是简单而明亮的，也是忧伤的，那种忧伤又是隐忍的。即使痛苦中的呐喊也是刚柔并济的，因为她总在寻求灵魂的自由，向往内心的宁静。"我不佩戴耳环只佩戴月光／生为女人本身就是美丽的"，这种从容与自信，在她的许多诗中都存在着。

三

诗歌不是理性的产物，它仅仅是一种感受，一种心态，一种情绪的有意味的流动，它在扑朔迷离中呈现人的愉悦、感伤和希求。正如罗·乌力吉特古斯在《死亡的预兆和美丽》一诗中所表达的：在雨雪交际的深秋，一种感伤无端地袭来，下了一整天的雪，让人无法拒绝，只有感知和承受。一切都在行进中，一切都无穷无尽。诗人到底要说什么，这里没有一种世俗的结论，也没有一种惯常的所谓的道理，有的只是一种潜在的感觉。诗歌中诗人通过"雨中的树""玻璃上的霜""雪中缩着头的乌鸦""彩虹后的天空"写道：

> 那彩虹真像是我的微笑
> 天空中显现这样的诗句：
> "雪，树，叶子，雨，爱，清晨
> 时间，忧伤，优美的词藻，人们……"

这是一首具有现代手法的诗歌，诗人用多角度、多层次的方式，传达了一种生命自然而然的情感，以及我们对这个世界的所感和似有所悟。诗歌不是实用的，不是哲学的，不是世界观和方法论，它只是人的内在情感的语言的艺术。

通读罗·乌力吉特古斯这本诗选，我深深感到她是一个心中有佛陀、有虔诚、有爱、有生命向往的诗人。她的佛陀无处不在，但永远缥缈在她的所求和得到之间。她的爱也无处不在，在纯情和失落之间，在那种爱的自我怜惜中，像舔着伤口的小兽一样，独享着失落的忧伤。当然，她的爱又是自足的，像雪落在肌肤上灼热地燃烧，又如雪轻柔地飞舞，忧伤中雪的惊叫。她在许多日常的生活与事物中发现诗意，我相信，她将是一位会被人们不断发现的诗人。

在读罗·乌力吉特古斯的诗歌之前，我对蒙古国诗歌几乎一无所知。翻译家、诗人哈森将这些诗歌发给我，她为我打开了一面新的窗户，她让我看到了一片新的风景。我喜欢罗·乌力吉特古斯的诗，就像喜欢世界上那些优秀的女诗人一样，她用她的诗，让我的心灵如初升的晨阳般温暖。

我发现她的诗中会经常出现这样的词语：雨，初雨，雪，夜半的雪，忧伤，幸福的忧伤……这些反复出现的词语构成了一片属于诗人的自然天地。她独享着这片天地，她存在，她消失，她出入在镜像之中，融入雨雪，融入爱与无限的遐想。她是这片天地中永远如少女般透明而纯洁的神。

在诗人罗·乌力吉特古斯的诗行中，我仿佛再次看到了一位超凡脱俗的，沐浴于晨光中的维纳斯。她站在晶莹的巨大的贝壳中，微风拂动她的长发，她通体明亮，在天使的护卫中，散发出迷人而亲切的光芒。

2017 年 5 月 30 日

目录
contents

目录
contents

目录
contents

目录
contents

目录
contents

目录
contents

罗·乌力吉特古斯

　　罗·乌力吉特古斯，蒙古国当代著名女诗人、作家。1972年生于蒙古国达尔汗市。著有《第一辑》《春天多么忧伤》《长在苍穹的树木》《有所自由的艺术或新书》《孤独练习》《我的忧伤史》《在遐想的房间》《映在镜中的佛陀》等诗集和《留在眼镜上的画面》《所见之界》《城市故事》等小说集。曾获蒙古国作家协会奖、年度优秀诗集奖等奖项。2009年获蒙古国总统授予的"北极星"奖章。

　　作品被译为俄罗斯、英国、法国、日本、匈牙利、韩国、中国等多国文字。

在我心中哭泣的千只鸟

在我心中哭泣的千只鸟
在我心中呐喊的千只鸟
在我心中飞落的千只鸟
    不啊，不
我只想闭上眼睛睡觉

关上窗户、拉上窗帘
让目光逼人的太阳迷惑
关上门，锁个叮当
让气息临近的春天迷惑
无限远离
    无法实现的理想、无法实现的思念和向往
向往在梦境中活着

我向往，向往宁静

睁开眼
便从心底里呼唤和向往……

创作时间：2001 年

意　义

窗口可见的一切事物
　　　眼看已发旧
新鲜的喜悦早被遗弃
陈列的石头一样高耸的楼房
也变成陈列的石头
有的运动，有的站立的那些铁骑
那些路，那些树，那些铁栅栏
远方倦容可见的山脉
哎呀，所有的事物都已失去了意义
就像弱视的人忽然戴上眼镜
整个世界都清澈明朗了一样
仿佛所有的事物显现后来到了身旁
真想重新看看这一切
关于意义
每当再度思量
唇上的蓝影愈来愈长
倘若明日清洗窗户
迷漫在我城池的
雾霭
不会消散了吧？

创作时间：2007 年 4 月

死亡的预兆和美丽

1.

昨夜
世上所有的鱼儿聚集在一起
　　忽然呼唤我：
"我的女儿，你要去哪里？"
昨夜
世上所有朦胧清晰的星星聚集在一起
　　齐声呼唤我：
"我的孩子，你何时来？"

昨夜，雨下了一整夜
浸透在雨中的树
像是淋湿的狗抖动身子
忽然抖掉了浑身的叶子
　　这般呼唤我：
"我的女儿，你何时，何时……"

早晨起来一看
已是到了冬季

留在窗户玻璃上的佛陀之言
（人们称其为霜）
调皮地眨着眼说：
"我的女儿，你为何这么久?"

2.

雪，下了一整天
心，疼了一整天
在心的某一处，又是夏季又是雨，草……
它们还没死
清凉的雪，像是不曾发生什么一样
整日回旋在我面前

拴马桩上缩头的可怜的城市乌鸦
像是久居牢狱的老头儿忽然被释放一样
以貌似失败的眼神
整宿望着我的窗户
我如何拒绝它? 佛啊!
雪，下了一整天

乌鸦和我面面相觑
（毫不躲闪）
我和乌鸦整天想着一样的事情
（不知在想什么）
早知这一切的天，却装作不曾发生什么
让串珠般的雪前赴后继地飘落

雪，下了一整天
美丽的雪，被这清新的空气欺骗
怎么就想到可以留在这里呢？天！

星辰还在呼唤
树木还在喧嚣
现在我在这里做什么？
做什么？
做什么？
唯独这美丽的雪花无穷无尽啊！

3.

雪一停，我就要离开这里
时间也会停止，鱼儿去找妈妈
活在人世间被呼唤的名字留在石头上
三盏酥油灯照亮我前行的路

雪一停，就会下雨
雨一停，就挂起彩虹
那彩虹真像是我的微笑
天空中显现这样的诗句：

"雪，树，叶子，雨，爱，清晨
时间，忧伤，优美的词藻，人们……"

创作时间：2007 年 6 月

滴落在眼镜上的泪水

闭上眼，在黑暗中弯腰时
闪光的一滴泪
　　断落于睫毛
满脸的光芒
　　瞬间亮了又灭了
罪孽的一个念头
　　永远停止了呼吸

自"我"产生的
　　痛苦的碎片
虽像干涸在笔尖的
　　墨水一般沉重
落在红色镜框的眼镜片内
　　盈盈地凝视着我
毫不躲闪
"原谅吧，原谅一切吧，
　　就这样原谅吧！"
远古、苍老的话语
　　英魂已苏醒

创作时间：2009 年 11 月

我

1.

我穿的皮肤
我披的头发
我戴的脸
不是我

我承载的忧愁
我忍受的疼痛
我妥协的爱
才是我！

微笑是我温柔的声音
泪水却是我的盔甲
话语是我的餐
笔是我的秘密情人

我不佩戴耳环只佩戴月光
生为女人本身就是美丽的

2.

那么大的水
这么大的雪
从那里到这里的路
无法超越的彼岸时光……
我总是想着我前世的生活

匈奴的公主
佩戴铜镜的萨满
骑着驯鹿的猎人
白发的禅修者
征战的男人
能看到隐秘世界的人
药师满巴①
机要秘书

不用谁告诉
就知自己前世都是什么人
清楚地记得曾经投生几回
不断变幻不断繁衍的我
只与尘埃同岁

创作时间：2009 年

————————

① 满巴：藏语，意为"医生"。

佛陀和我

把佛像放在面前
整日望着他躲闪的眼眸

诗人：
为什么总是俯瞰？
为什么，为什么总是不笑？
为什么不向我伸手
为什么不跟我说一句话
想什么，审视着谁？
等待什么，聆听着消息？

佛陀：
为什么总是仰望着？
为什么不还我一笑？
为什么你的手如此冰凉
为什么也不回答我的话？
为什么总是疼痛，撕扯我的心
叫我在你的门口等候这么久？

诗人：
为什么你不会死？
为什么，你去哪里了？
为什么你看不到我的泪水？
为什么不赐予我的所求？

佛陀：
为什么你会死？
为什么你总是逃避我？
我一直在为你擦拭眼泪
为什么连同我给你的都让流走了？

诗人：
为什么？

佛陀：
为什么？

创作时间：2013 年 4 月

镜子的灵魂

像是裸体姑娘在梦游
从镜框里悄悄走出
镜子的灵魂整夜飘在房间
呢喃清晰，影子绰绰

微启的眼帘和睫毛
稍稍一动她就惊远
像是裙裾被撩起的妇人
紧张而害羞地蹲下身

散发着清冷的光芒
即便躲闪于帷幕之后
用明亮的目光凝视着
时隐时现在眼前

像是好奇的女孩忍不住走出来
彩虹似的身段袅娜到跟前
伸出她冰冷的手
抚摸我的脸颊和脖子

在我暖暖的呼吸里取暖打盹
她在我身旁端坐到天亮
忽然调皮地睁开眼
她的光体转瞬消散

创作时间：2012 年 5 月

雪

雪在下，寂静，雪
你走的那天一样寂静
雪在下，寂静，雪
你站在窗外一样寂静

"走吧"是我喊的，你真走了
忍不住去追你，我奔跑
你走了，我哭着奔跑，滑倒了
没有一片雪出声，沉默的雪

我的心像膝盖蹭破了皮一样
那天的，正是那天的雪在下
唯独有梦好像在继续，寂静，雪
仿佛是你在走，不断地在走，我一直在奔跑
波澜无边冰冷的雪

呵，像是永远飘洒一般，永远不会融化一样
幼稚的雪在下
仿佛永远不会怀念一样，仿佛能忘掉任何人一般
想起自己曾经的傻

在，在的一切都在，遍地都是雪
不在的，只有你
雪一直在下

创作时间：2012 年 12 月

初雨

透着紧闭的窗口
叶子散发出奇异芳香……
春天多么忧伤啊

当热唇触及窗子
周身……心儿惊颤
想得到爱与恋

春天多么忧伤啊

参天的青青树木
树梢绽放了花蕾
热热的，幼小的生命
春天……

哎呀，多么的……

礼物

让运载气息的风
捎去我的气息
就当是我的吻

让淋湿发丝的雨
捎去我的眼泪
就当是我的饯行

让唤醒清晨的鸟
捎去我的话语
让它诉说我的心怯

给挚爱的你
捎去除自己以外的所有
就当是我的诀别

身与心

月光下飞翔的鸟儿
羽翼发出乳色的光芒
如若我会飞，也会如此
散发巨大的光，去飞翔

如若我会飞，从云朵飞到云朵
轻唤你的名字飞翔，诉说我的秘密
听到你的吻有多炽热
云朵会战栗，无言地哽咽

月光下飞翔的鸟儿
繁星的间隙写满"爱"
……没有月亮，多么漆黑的夜啊！
没有羽翼的身子在原地战栗

创作时间：2002 年

等待

想一直站在外面

想面朝天空
一直那么站着

想在雪中像树一样被压
一直那么站着

直到我的面容上
雕刻出时光的印迹

就想站着
一直那么站着

直到我红色的丝巾
变成白色
就想一直那么站着

想在雨中一直站到
雨水成河

再放晴

直到带走你气息的风
无奈将她带回来
还给我
就想一直那么站着

直到佩戴的耳环
轻唤你的名字
站着
就想一直那么站着

直到你"不来"的话语
含羞躲藏
就想一直那么站着

直到你来的路
化作软软的沙
就想那么站着
就想一直那么站着

若没有你灼热的气息

若没有你灼热的气息
或许会破碎
异常脆弱
异常单薄
闪光的酒杯是我……
黑暗中月色满杯
即便最冷时也会阳光满杯
任何角度都能望见闪亮的心
异常通透，清脆的酒杯是我……

终日等候你的热唇
静静地挺立于一只脚
只要你的手指轻碰就如火燃烧
癫狂的红酒在杯中呼啸……
若你不细语温情的话
顷刻就会冷却
有歌儿可唱，容易哭泣的
歌者酒杯
是我

漆黑的天空中……

漆黑的天空中
飞翔的大雁啊！

你们要飞到哪里？
请将我带走吧！

我想即刻到达
最高的山巅

想用灼热的手
触摸夜晚的石头

细数着风中散开的发丝
叹息着，紧闭双眼

想用双足去感知
寂静中做梦的花朵微颤的呼吸

然后微微踮起脚
微微踮起脚

希望能抵达
微似记号的那颗星星

请求

你不在的时候我总会发冷
你不在的时候我总会害怕

每当你为了我出门奔波时
都会替你感到寒冷和疲倦

陪伴亲手种栽的花朵清香
终日坐在阳光暖暖的窗前
在你归来之前我的手依旧冰凉
紧贴你胸膛之前心跳不会平静

你不在的时候时间都会停止
无法听到我的花生长的声音

你出门的瞬间仿佛已过千载
令人发疯的漆黑仿佛已百年

听到你脚步之前生活不会向我走来
我会刹那间衰老，亲爱的你快快回来

看见山峦就知道……

看见山峦就知道自己是山
寓目雾霭就发觉自己是云
细雨纷飞后感觉自己是草
鸟儿开始鸣叫就想起自己是清晨
我不只是人

星光闪烁时知道自己是黑暗
姑娘们的衣衫单薄时想起自己是春天
当世间所有人散发同一个愿望的气息
才明白我向来安宁的心是属于鱼儿的
我不只是人

创作时间：2003 年

忽然

外面
大片，大片
湿漉漉的雪在飘洒
大地
仿佛空无一人
寂静
想把手套
远远
远远地抛掉
几近疯狂地叫喊着
赤裸着奔跑

望着
紧锁眉头的每一扇窗
想在冰冷的雪地上
赤足舞蹈
优美地飞翔
歌唱着飞翔，飞旋
直到躲在幕后的人们
露出微笑

就这样
在衣衫里
像衰老的叶子一样战栗
就这样
身躯被捆绑了一般
纹丝不动站立时
非我的某一人
进入我的心房
诱唤我？
赤裸裸地……想喊叫

镜前

不是啊，不是，这不是我
其实我什么都没变

那些，梦里看到的长着翅膀的马
那些，由衷而发的长着羽翼的话

无论风雨，我依然如故
依然向往着美好的一切

依然是女儿身，我依然是一个孩子
岁月的门槛上永远纯洁如故

我什么都没变，没变

朋友啊，这不是我
是秋日的度母无意间挥笔的残缺画像

每一天都是新的

所有的草儿都是树
每一块石头都是山
广袤的世界上
所有事物都是中心

所有的羽毛都是鸟
每一只鸟儿都是天空
慷慨的生活中
每一天都是新的

自画像

1.

从我的发丝
永远闻不到烟味
在我的颈项
看不到男人的唇印……
在我宁静安然的心里
没有一丝厌烦
您好好看看我吧
自昨天走来时
我诀别了自己三回

2.

胜过幽怨和仇恨
高更的画让我心伤
胜过嫉妒和欲望
生活的美好折磨着我

清晨太阳升起时

静静地散放光芒
让我惊叹

人们死去的时候
为何说不完他的话
令我好奇

3.

哼唱歌谣时
一想到这曲调即是我
沉浸在歌声里

望着忧伤的眼睛
一想到这伤痛即是我
沉浸在痛苦中

我的心啊，我幼小的心
你如何承受得起？

帷幕

小窗还未开启
门还依然紧闭
月亮通透可见的
帷幕忽然一动

霎时一次深呼吸
顷刻又复寂静
叹息了么，怎么了
轻轻地战栗着

是否以周身感知
撞了紧闭的窗
不知转向何方的
黑暗之风的力量？

黑暗的窗外

黑暗的窗外
都有什么
仿佛看清了一样
虽然我能一一指认
黑暗的窗外
什么也没有
偶尔
出奇的寂静
唯独闻得见风

午夜，雪在下

黑漆漆的天空滴落白花花的星星
仿佛有谁在黑暗中哭泣
……这是多么松软啊！
这是多么清凉而寂静啊！

穿着闪光的、薄薄的夜衫
我赤足站在自家的阁楼上
此刻像是永恒的冬天
午夜，雪在下

无瑕美好的事物漫天飞舞
仿佛有谁在轻轻叹息……
为什么呢，忧伤……
定有一人跟我一样无法入眠
伫立在黑暗里的雪光中

创作时间：2002 年

我相信生活

我相信生活
相信在某一处等候我的
金鱼，三愿
以及思念

相信无法尽收眼底的无限
相信无眼，无身的黑暗
相信黎明时分的梦，恐惧，预感
相信真，胜利，魅力……
我完全相信胜利
相信风，相信雨，相信苍天
相信善良的人们，相信美好
相信微笑和爱，相信泪水

我也经常相信假话
虽然时时觉得假
然而对这人生而言……

创作时间：2002 年 9 月

信心

就是现在
现在我要忘掉一切
将喷涌的泪水
咽回去
在青春的风里
丝巾一样飘荡
该翻越时就翻越
看不到其巅的
苦难之峰

就是现在
现在我要解放
我的心
长呼一口气
轻轻地笑着说
原来是一个梦
为正在发芽的树
写诗
就当是我心中的忧伤
会变成叶子

夜间雪

我赤裸裸地
以告别诸佛来到这里时的模样
连皮肤都没有似的，那般赤裸着
张开手臂，摊开掌心站在黑暗中

用呼吸蹭着我的呼吸的秋雪
初雪！
每每散落我掌心时都要惊叫
如同处女成为女人……
啊，疼痛！
再也无法回到过去
纯白的繁星
在漆黑的苍穹……

啊，曾经何时我还是一个女孩？
曾经何时我已成了女人？

……我赤裸的身子一直在发光
被自己看见时
闭上双眼

夜间雪
哧哧地触落我的身上，那么热！

创作时间：2007 年 9 月

闭上眼就能看见你……

闭上眼就能看见你
虽然你不曾用蒙古语对我说过"爱你"
却用佛的语言说过"爱"
闭上眼，心就会隐隐作痛

每每遇见你，皮肤都微颤不已
每每遇见你，呼吸都会清新
我却怕见到你，怕得要命

看不惯自己的每一根发丝
见到你时闪着光
若梦不到你，我便无法入睡
事实上，这些又是多么令我欢喜

创作时间：2007 年 8 月

脱去头发以外的所有，
赤裸而坐的样子……

只有你，看到过我
脱去头发以外的所有，赤裸而坐的样子
啃着铅笔头，整夜
嚼着纸张的样子

只有你，拒绝过我
到处码着自天上盗来的词语
与诸佛都要辩论一番的
任性

只有你，看见过我
关上门窗生活在黑暗中
黑暗中散发着光芒
整个屋子都关不住的光芒！

创作时间：2006 年 8 月

在遐想的房间

我的面前——是匈奴牌的蒙古酒
我的膝上——是夜夜喧嚣的梦境
我的肩上——是已故的祖父的手
永远主宰我的——永恒的寂静！
请光临我遐想的房间吧！

你是我的痛苦

你是我的痛苦
我是多么爱我的痛苦
你是我的港湾
我是多么深陷我的港湾
你是我的迷惘
我是多么沉迷我的迷惘
你是我的破碎
我是多么习惯我的破碎
你是我的一贫如洗
  我的一贫如洗是我的结局
你是我的胜利
胜利之后的巨大空虚

创作时间：2007 年 4 月

如果你是我的……

如果你是我的，我是你的
我可能永远不老
我可能永远不死
因为我不是你的，你不是我的
我将永远离开你
所有的一切即将结束
我青春的结局，是你！
随时随地都会到来的
我过早的死亡，也是你！

创作时间：2007 年 10 月

只想看你一眼……

只想看你一眼
看了，就想
用一个手指触摸你
触到了
就想拥抱你一下
拥抱了，就想
品尝一下你的唇味
尝到了，就想这样
只是相拥着
整夜、整夜在一起诉说一切
只要这样一想
就奇怪自己怎么一句话都没来得及说
这样伤感着，又成遗憾……

创作时间：2008 年 10 月

黑色的一天

脸上画着小老鼠、戴眼镜的小女孩
眼看就变成了猫，收起身准备向我跳来
她牵着的小黑狗
诉说着万般的苦难，叹息声令人心惊
虽说雨像雨一样下着，我却没有淋湿
虽说风像风一样卷着，我却没有飞翔
所见的一切都变成了黑色的
面面相觑的一切都满目泪水
今天究竟是怎样的一天啊？

创作时间：2008 年 9 月

信心

你说我是纯洁的
因为是你说的，所以我纯洁
你说我是优雅的
因为是你说的，所以我优雅
你说我是漂亮的
因为是你说的，所以我漂亮
你说我是完美的
因为是你说的，所以我完美

我现在相信
自己多么好，多么特别
也相信自己
比春天，比秋天都美好
只是我不相信，你抛下
这漂亮、优雅、纯洁、完美的所有美好
永远地离我而去

创作时间：2008 年 5 月

选择

朝鲜的一位诗人
　　　给我起了这样一个名字：
云
疯人画家朋友
　　　这般称呼我：
雨
镜子却赐予了我另一个名字：
忧伤
爱人以明亮的星辰将我命名，唤我：
瓦尼拉

父亲给我起的名：
乌力吉（加）特古斯
生活赋予我的名字：
爱（还是）爱
然而我前世的名字：
飒然（月亮）
诸佛恩赐的名字：
词语

直面岔路口，站在黑暗中
风的缝隙间吟唱的名字：
云、忧伤、圆满的爱
虽然我有选择权
我却没有选择
选择的唯一的名字，即是
诗人

创作时间：2008 年

忧伤的蓝色椅子上

坐在忧伤的蓝色椅子上想了你很久
我的嘴唇也发青了
被嘴唇蓝色的呼吸牵引着
蛇一样向里滑的
心，也变得蓝蓝的
现在，我心里所有的颜色
都被轻轻揩拭了

在你迷恋的眼神里发光
挺直了又挺直腰杆而坐的
宁静的粉红色的夜晚的气息
奄奄一息地颤着
知道，任何颜色都无法覆盖那一天
坐在我身旁
天，与我一同沉思

天的气息，无法让我欢喜
我还是喜欢你……
那边有一个小女孩在黄昏中独自玩耍，等她长大
　　定会去找寻那么一个人

树木惆怅，一声长叹
风，踮起脚尖走过
星星们像你一样，不知都去了哪里
忧伤的蓝色椅子闭上了眼

吻我手背的你
因为不在身旁
我的手冰凉而发青……

创作时间：2008 年 6 月

夜夜喧哗的梦境

夜夜我会随着一只雄鸟飞翔
那只鸟除了乌黑的眼睛周身雪白

夜夜我化作一棵老树
撑不住繁茂的叶子弯着腰
却是全力向上拼命的
呼吸声回响到天上的树

夜夜我彻悟正在分娩的母亲，正在出生的草
正在诞生的时间之痛苦
每每的疼痛之后，我像是沐浴了一般

夜夜我连头发都不剩地脱掉全部
赤裸裸地走向大海
那里除了永恒的狂浪之外
还有永恒的寂静的木桥

夜夜我抓三条金鱼
又把三条都放回大海

夜夜我说"你好吗"
又说着"永不再见"结束我的话
禁不住泪水的黑眼睛蚂蚁们

夜夜我看见
我的衣衫怎样化作鸟儿在飞翔
你的手，有一次触及了衣裾
夜晚的粉色薄衫会飞得更高

夜夜我用男人长长的烟斗
吸烟
用会唱歌的酒杯品尝美酒
跟我在一起的还有桌子，椅子和窗户……

夜夜我变成男人
占有十六岁的纯洁少女

夜夜我邀请佛和鬼
争辩
关于人们思维的构造
远远比他们细腻，敏感的话题
起初，我会取胜

夜夜我学着母熊
去采集蜂蜜时叮嘱小熊：
"也许会有人来，千万别开门
那可是死亡！"

夜夜我给自己找到三百六十五个名字

夜夜我进行一番杀戮
每次杀戮之后洗净双手
拾捡果实而食
总有一股死亡的味道在舌尖
我问果子为何这般香甜
它却总是不愿意回答

夜夜我站在正在死去的
老人的枕边
念诵玛尼经
欢喜地看着他们的魂
钻进年轻女子腹中的欲望

夜夜我像拾果子一样拾起星星
当作珍珠在被窝里串起
我的身旁总是坐着那只雄鸟

下了一百年的雨……

下了一百年的雨
　　为何还如此嫩？
想了一百天的你
　　为何还如此新？
洁净的这雨停息时
　　天上会升起年轻的太阳
这一天勉强结束时
　　我又开始想念你

打碎这扇窗户
　　会不会有风进来
　　将我带走？
披上这个幕布
　　会不会像长了翅膀一样
　　飞上又飞落？
那么，我将
热热的肌肤上
滚着冷冷的雨水
去找你
那么，你

还会像那一天，在我手心倒下白酒
搓热之后
轻轻抽泣？

下了一千年的雨
　　在我的家乡下得依旧如新
念了一千个日夜的你
　　在我的心里吸着烟低着头
我的心中——烟雾弥漫

创作时间：2008 年 7 月

没有了我，你……

没有了我，你……

没有了我火热的心
没有了我火热的身
没有了我火热的话语
你能分辨出生活和死亡么？

坐在你怀里的我是度母
举起来，供养吧，信奉吧
　　趁我正如火青春！
我的容颜是天的容颜
跪着祈祷吧，叩首吧
　　趁我正深深地爱恋！

我的手，不是人的手
　　是朝霞在拥抱着你
我的火，不是平常的
　　是由水燃起的火焰
仁慈、悲悯、光、鸟儿、鱼儿
　　以及微笑手拉着手，围着我

没有了我，你就不再是我的什么人！

没有了你，我……

没有了你专注的目光
没有了你执着的心
没有了你坚定的未来
我还能分辨出生活和死亡么？

让我坐在怀里的你
　　　是蓝色的大地
你的容颜是树的容颜
你的亲吻不一般
　　像是星星忽然发出声一样
　　令人魂牵梦萦！
你的话语非同寻常
　　像是划破心脏一样的真
　　那么强烈，那么特别！

海浪、战争、时间、气势、力量
　　以及风手拉着手，围着你
没有了你，我便不再是什么人！

　　　　　　　　　创作时间：2006 年 4 月

看着天色渐亮……

看着天色渐亮
看着月亮慢慢消失
看着我的头发，将黑暗一丝丝地抖落
将光芒一一相传着闪亮起来
闻到偶尔从某处散发，勉强睁开眼的
春日柔柔的气息
我在高耸入云的山巅
我在那菩提树下
我打开家中洁净的窗户稍站片刻
像是笼罩我的身躯
洗净我眼眸的
光一样
温热的泪水洗涤着我
在无常巨大的忧伤中
在自己的忧伤中
静静地
静静地
静静地、幸福地承认
我是多么热爱这生活，这世界，这蒙古
这全部的美！

创作时间：2007 年

无题

即便我的心灵是干涸的
即便我的眼睛是湿润的
即便我的心脏是寂静的
即便皮肤、头发、手、脚、唇、舌头的生息欲断
哎呀！这些石头、牛虻、麻雀，无数的时光之山峦
你追我赶的翅膀粉红的云朵
手拉着手的菩提树之绿荫
知道我的伤心却沉默不语的苍天
望眼欲穿却不会有谁走来的长路
啊，这一切，所有的一切
看起来为何这般无限安详，极度安详啊？

创作时间：2008 年 9 月

这么白的太阳……

这么白的太阳
从哪儿散发出这么大的热量？
这褶皱的小手
从哪儿散发出这么大的温暖？
只要触及您的手指
我就会像沐浴光芒一样洁净
在命运的面前挺直了腰杆
额吉①啊！您像这太阳媪妪
变得消瘦无力却依然散发着光芒
唯独从您那里才能得到
真爱，强大的力量
您是我真正的佛！

创作时间：2006 年 4 月

---

① 额吉：蒙古语，意为母亲。

晚秋时分

为了把叶子全部带走
风，结伴而来
秋天，冷冷的房间
像房间一样，我那些逐渐裸去的树
像树一样颤抖的心，灰色的雨
你在那里，我在这里

蝴蝶们想念天空，她们都走了
这里什么都没留下
　　什么都没有留下，谁也没留下
啊，谁唤我来到这里？
　　　　想做什么？
不回到你身旁，就无法被察觉的太阳
面朝太阳建造的，有着回声的那些房屋
秋日余下的，老去的日子

创作时间：2007 年 10 月

沿着信笺的痕迹

下了一整夜的雨
黎明时分隐退
窗户上留下了信笺
用指尖阅读它留下的字迹
触摸到了风微微呼吸的身体

这个风，昨日
曾触到白度母的圣手
飞回时
摸过婴儿纯洁的嘴唇
从那里
携带着两百年前的秋日
向我走来
发现撞了紧闭的窗户
忽然惊醒的风
以我女儿的声音
喊了一声"妈妈！"
留下无痕的空无，弃我而去

我惊呼着，用双眼去追逐它的背影

未及消散的雾霭中
静静伫立着
一个巨大的佛
正望着我

创作时间：2008 年 10 月

爱上一个人

真正爱上一个人
真是很忧伤
明白自己没他就活不了
多么危险
真是危险
爱，是幸福的恐惧
爱，是拿起剪子扎瞎自己眼的别名
然后那样摸索着
却被那向往高悬着，一直向前
自己编织了梦，欣赏一番
自己信得不得了的别名
自己抓了抓心脏，再将其放下
让心脏的血慢慢汩流

爱上一个人
即是登上无限处的别名
虽知从无限高处跌落时的粉身碎骨
无论何时都不放弃向上而去的勇气
那可是
挂着过多的钥匙，却上着锁的

生活，唯一的，随时等待开启的大门
那可是
走进一次的人再也无法走出来的
巨大的黑暗深渊中
不管在哪儿都会呼应的
轻轻的痛苦的信念

创作时间：2008 年 11 月

蝴蝶飞来

嘴里衔着一朵花
刚刚闭目躺下
蝴蝶为了休憩
落在我的唇上

用翅膀轻轻扑扇
我粉红的嘴唇
不禁怦然的心里
闪过初吻的感觉

彩虹般遥远的日子
还没来得及到来
我的睫毛在我之前
激动地微微颤动

留恋我酒窝里的
一丝阳光
黄昏时分的蝴蝶
忽地飞去

我用这支笔写了一百首诗……

我用这支笔写了一百首诗
再写一百首
之后毫不犹豫地
把它扔掉
我要用另一支笔来书写
第二百〇一首诗
毫无留恋地
能与昨日诀别

疲惫

一天比一天，一时比一时
我变得与自己有所不同
一天比一天，一时比一时
我正背叛着自己的内心

经历的一切再次作为新路迎面而来
重蹈覆辙的无聊游戏中我再一次输了
每每我疼痛时病情会好转的朋友们
哦，我正在向这个世界投降

听见了吗，我举起了手
宣布着对这疯狂生活的厌倦
让我的信任彻底失望的所有的心
夺走了我心灵的明烛

终将用眼泪偿还
品尝到的所有美好
已向可怕的尘世下跪的理想……
我累了倦了，
　　纯洁无瑕地活了太久

答佛问

来世你想做什么？
佛问我
我回答说，想做这世上
最冷的冷

因为这个世界上
没有比我更热的热
触及我粉红嘴唇的人
都会烧焦了他的唇

我的心极度地燃烧着
烧坏了那些脆弱的心
所以我走过的路上
雪，不再会是雪

我火热的头发在风中散开时
已是夏季
被我爱，被我喜欢，被我向往的
所有的一切都会燃烧

这么大的热，这么大的暖
这是怎样的惩罚啊？
现在让我变成月亮吧

之后不怜悯任何人
不为任何人哭泣
带着嘲讽在天际发光吧

如果我不是诗人

如果我不是诗人
我希望自己是鼓手
不是琴、筝、胡
只想打鼓

敲打有最大的振声
能传到最远的鼓
敲出最强劲的音乐

让世人看见这胸中
无比强烈的马蹄声
连同那力量、喧哗
敲到自己消瘦滚落

拒绝倾听我敞开之心的人
直到被火爆的音韵击飞时
我要跳跃着，跳跃着
一次又一次
不停地击打

空

划火柴
启开黑暗
划火柴
推开黑暗

里面什么都没有

火柴灭了
叫醒心灵撕开看看
火柴灭了
刀划心脏打开看看

还是什么都没有

创作时间：2012 年

深夜的地铁

从永恒的传说，抑或从昨日的死亡苏醒的
深夜的诸魂叹息着，在徜徉
高跟鞋的声音洞破石壁
翁媪二人在它的回音中瞌睡

看上去他们已永远地睡去
仿佛清晨时分
　　　灵魂在这里醒来
芦苇一样美丽的姑娘，竹子般英俊的男儿
看似在并肩而行，却谁也看不见谁

在诸多的孤独中我孑然而行
其实在他们当中连自己都会丢失
干净、寒冷、悠远的长廊深处
坐着穿军装的怯懦的汉子，在伸手乞讨

伸手递给了他十元钱
声音弱弱地，乞讨人抬起头
被人潮推出的、饥渴干涸的心……
霜冻的眼神里闪过活着的光亮

越是逆行越是焦躁地奔跑
首尔的地铁减速驶来
勉强赶上地铁，门关了，再回首时
伸手的三个魂灵
气喘吁吁齐齐站在我的背后

创作时间：2011 年

佛陀

1.

总是想，佛陀有什么样的眼睛？

蓝的？黑的？绿的？
若是蓝眼睛，那他是俄罗斯人
若是绿眼睛，那他是美国人
若是黑眼睛，那他应该是蒙古人
总是那么想，五岁的时候……

总是想，佛陀是否在倾听我？

他应该不像我的祖父耳背吧？
若他听到了我的哭声
不会不哄我如此之久！
他把父亲带到了天上
为什么不让他回来？
他好像不喜欢跟孩子说话！
总是那么想，七岁的时候……

总是想，佛陀不会已离我而去了吧？

被初恋的风暴无情地抽打
出于纯真的心，激动过也伤心过
无助地寻求护佑时不曾让我抓到什么
无处不在的存在，你去了哪儿？
从无比伤痛的心寻找着答案
心碎过，二十岁的时候……

总是想，佛陀爱我吗？

用他明亮的蓝眼睛、绿眼睛或黑眼睛
映照无论干净或肮脏的所有心灵的他
将我的心抛给欺侮、诅咒和恨的虎口
赠予我不曾期待的尊重和荣誉，是为什么？

这是佛陀爱我的缘故？
还是不爱我的缘故？
总是那么想，三十岁的时候……

2.

熟睡时忽然有一个湿润的嘴唇
碰到脸颊
先是闻了闻，又吻了我的肩
"妈妈，我爱你……"
像是那小嘴发了声，又吻
"别吵醒了妈妈！"熟悉而低沉的声音

在他背后叮咛

迅速睁眼一看
原来是佛陀
他有着乌黑的眼睛
满面是光
右边脸颊有深深的酒窝
"夜里想念，所以吻了"
佛陀清楚地说
"夜里您唤我，我听见了"
温暖的手臂拥抱了我

"来奶奶这里！"闻声他跑开了
原来就在这个小小的房间里
佛陀会远离
啊，我以前为什么老哭？

创作时间：2009 年 4 月

就是想着你度过长夜……

就是想着你度过长夜
就是梦着你虚度白昼
见到你就变成青春少女
见不到你就会容颜老去

为了我痛苦到鬓发变白
为了我疼痛到伤口发白
你应该低头站在
我和佛陀面前!
你是有错的,在我面前
你有一万个不是!

因为伤心欲绝,我死死地纠缠着你
舔着伤口,直到它迸裂
只要见到你一次微笑,我居然可以痊愈
神奇啊,你是如此的强大……

创作时间:2009 年

成婚

我的身体就是你的身体
你的泪从我眼里滴落
我的血液滋养着你
你的忧伤喂饱了我
我们共饮一方蔚蓝的水
在一个密封的玻璃缸里苟且

为了逃离这里
逃离这玻璃缸
为了逃逸到大海
首先应该穿越一个门
应该融进激流波涛中

所谓的爱是结尾
是结束
而我是你的，你是我的
开始

创作时间：2010 年

每个人

梦里我幻入人们的身躯
打开他们的心脏看他们的灵魂
偶尔有人有黑色的血管
对，还有的有无色的血

握手，微笑的那一位
手背后还有一只手
睁不开眼睛的盲人
觉悟时依然有着明目

揭开一些人的肌肤
掀开他心灵的每一个角落
发现的所有秘密
成为呻吟和呐喊

人的内心，内心之内心
有挂着冷锁的蓝箱子
打开那个箱子一看
每个人都是让人心疼的

创作时间：2010 年

眼睛

黑暗中熄灭了灯点燃蜡烛
我的门融入墙壁消失无踪
墙壁变成了显示屏
不知从哪里显现出那只眼睛

像是掉落坑里的小鸟挣扎着
朝着眼睛我久久凝视
岁月自我的脸上层层脱落
裸露的我忽然长了翅膀

向其深渊吸引你的蓝色眼眸!
在它睫毛的光中季节已更替
虽知走进这只眼睛将有去无回
目不转睛望着它直视你的眼……

满屏幕的雨
雨又变成雪
展开的翅膀冰冻了
雪又被太阳更替
过了一百年

星星降落化作树
像是电视一样变幻屏幕的墙壁上
有回声的眼睛一眨不眨……

点燃的蜡烛躲躲闪闪，发出声响灭了
我又钻进黑暗的身躯里
显示屏灭了
冒着汗，门开了
窗户，重重地关了
留在身旁的那只眼睛
慌乱不堪地开始眨眼

创作时间：2013 年

萤火虫

展开薄翅，黑暗中飞梭的萤火虫
举目眺望时天空满满是眼睛！
每只眼睛都直视着我的眼睛
丢掉所有的羽毛我也长了翅膀

牵手旋舞爱笑的繁星之姊妹
漂浮失重的火花之灵魂
永恒的诸佛亲手点燃的酥油灯
美丽的萤火虫整夜冉冉发光

"要像没有死过一样生活啊！"
在我心灵的殿堂点燃了真祈愿
一吹即灭的火光般的小小心脏
融入晨曦之光停止了跳动

创作时间：2011 年

修行

望着镜子脱掉全部衣衫
不忍直视自己，与己面面相觑
手伸进镜中抚摸自己玻璃肌肤
忽地进入自己，忽地出离自己

直视着镜子的眼睛
紧贴了镜子的脸颊
嘴唇触碰了镜子的唇
细数了镜子的心跳声

看着看着身子消失了
望着望着眼睛不见了
既然已消失我怎么看呢？
我的每一丝呼吸都变成了鸟儿

鸟儿们鸣叫着陡然喧哗
变成了风暴中的大海，我
心中的船翻了
小点儿一样的人们都已丧命

哦，过去的死亡今天的开始
出离自我，我进入镜中端坐
花草自内心散发着清香生长
幻化为自己佩戴的绿色，我

即刻跌入自我的深渊
即刻进入自我的深处

创作时间：2014 年

我在哭

我
在哭
读着书
我在哭
读着
书页被撕烂的
红色书皮的
古代书籍
我在哭
读着
书页被撕烂的、红色书皮的、古代的
薄薄的小说
想着某个人
我在哭
读着
书页被撕烂的、红色书皮的
绝对没什么可哭的、古代的、薄薄的
小说
因为想到某个人
伤心地

我在哭
读着
书页被撕烂的、红色书皮的
绝对没什么可哭的、古代的、薄薄的
小说
我在放声大哭
心里望着爷爷苍老的手指
扇风大耳
皱着唇，皱着唇
我在哭
读着
书页被撕烂的、红色书皮的
绝对没什么可哭的、古代的
薄薄的书里出现的
关于木勺的故事
我在哭
让我发硬如木、干枯的心
在泪水中湿透
读着
书页被撕烂的、红色书皮的
绝对没什么可哭的、薄薄的小说
紧紧握着自己
夹在其第十页
七岁时的小手指
我在哭
读着
书页被撕烂的、红色书皮的
绝对没什么可哭的、薄薄的小说

颤抖着
紧握自己夹在第十页中的
七岁时小手指的
四十岁的手
颤抖着、颤抖着
我在哭
读着
书页被撕烂的、红色书皮的
绝对没什么可哭的、薄薄的小说
忽然听到
不知走向东还是向西，抑或
向天或者向地而去的
耳背的爷爷朗读小说时
大声朗读小说时
牙齿光光的嘴巴总是散发的
俄罗斯香烟的味道里
瞌睡的
七岁小女孩
喜欢幻想的心中奔腾的
强劲的马蹄声
我在哭
想不起在何时
遗失了那个马蹄声
何时又忘了它
反复回想着
我在哭
终于到了
赠予我

书页被撕烂
红色皮面
绝对没什么可哭的、薄薄的
神奇小说的
亲爱的阿爸当年的年龄
想念爷爷的气息时
难以置信
自己怎么活了这么多年，活到了现在
无法置信而无尽忧伤
我在哭
为了
写就书页被撕烂、红色书皮的
绝对没什么可哭的、薄薄的、神奇小说的
那个人的名字、容貌
早已消失无踪的这个世界上
无法消失的所有回忆
我在哭
为了写就
书页被撕烂、红色书皮的
古代的、薄薄的书一样
神奇的故事
即便我在红黄色烛光下
坐到自己被撕烂、被洞穿、形影单薄
也不知是否写就了
书页被撕烂、红色书皮的
薄薄的这本书一样的故事
我在哭
迟疑着

自己是否活得比这
书页被撕烂的、红色书皮的
薄薄的书
更持久
我
在哭！

您为何不劝慰我啊，爷爷！

诗人

仿佛看到
繁星
一直在对着我笑
仿佛听见
树木
一直在歌唱
尽管无人认可
我这样的感知
阳光照耀的世界上
我从未感到孤独

只因能够辨别
所有草儿的味道
只因能够看到
愈合所有疼痛的伤口的
每一个词
闪光的身躯
我学会了激活
毛笔的泪水

仿佛感到
鱼儿一直在向我祈祷
仿佛感到
每一条路
都能到达月亮
尽管无人看到
我哭泣的样子
当我倒下的时候
没有人不心疼我

创作时间：2012 年 1 月

神秘的河畔，午夜

被撕开天腹的
月亮的剑光划开
那条河水
荡然分流

那条河水
荡然分流的刹那
有一条鱼朝着天
直奔而去

惊呼起身
险些抓住鱼尾
握住它火热的生命
留在原地

河水依缝而合
再度并流
漂浮水流的微红星辰
又开始做梦

仿佛刚才什么也没发生
仿佛千万年来一直如此

黑暗中的群鸟
不知从何方叫喊着报警
留在我衣袖里的
鱼鳞在闪着光

芦苇俯首弯腰
仿佛向苍天磕头的女子
成行南归的仙鹤滴落的泪水
刚好滴在我的脖颈

世上的美好中
总有忧伤存在
心儿懂得这一切
难免敏感和脆弱

已到云天外的银色鱼儿啊！
请你说说！
到底多少步才能抵达永远之永远？

创作时间：2014 年

用乌日央海①兄之笔在
黄山山顶写下的诗篇

黄山的猴子在看海
我却在看
海里游动的三条金鱼

黄山的猴子望着天
而我却叫住
自苍天向大地俯冲的雄鹰
求得它的一根红色羽毛
在写诗

抚摸过刚刚出生的女儿小嘴唇的
我的手
抚摸死去的祖父眼睑让他闭眼的
我的手

---

① 达·乌日央海（1940 — ），蒙古国著名作家、诗人、剧作家。1940 年生于布
拉更省。毕业于莫斯科高尔基文学院，曾获蒙古国作家协会奖，多次在蒙古国
"水晶杯"诗歌大赛中夺冠。著有《致人们》《冬天的鸟》等诗集，《相逢，诀
别》等长篇小说，共有千余篇作品。

让四万个忧伤化作词语的
我的手
刚刚勉强触摸到
生长在黄山顶
在天门发冷的
跳动的，红樱桃

创作时间：2009 年

写给苏德的信

太阳会西沉，黑暗会降临
黑暗降临时
太阳下的所有一切都会消失
所有的一切……

虽然太阳会西沉，黑暗会降临
清晨还是会来临
清晨来临时
从一无所有显现出所有的一切

相遇是为了诀别
诀别总是
"开启"黑暗的别名
所有哭泣的眼睛都是觉悟的预兆
所有流淌的泪水都是佛陀的方向

生活总不是学来的，而是一种穿越
是每一个瞬间的疼痛，呐喊和拼命
只要能直视所有痛苦之眼
就可骄傲地停留在

鼓起勇气担当的一切当中

太阳会西沉，黑暗会降临
即便黑暗降临
一旦太阳东升时
关于夜晚的一切
将全部被遗忘

创作时间：2014 年

太阳底下我是太阳

太阳底下我是太阳
天底下我是天
以我起始的世界
只能以我结束的生活

星辰旁边我是星辰
树木之中我是树木
将我创造的世界
以我生成的死亡

创作时间：2004 年

病

昨夜，我疼痛一整夜
一个小小的黑色动物
从我的内部毫无疼惜地抓挠
将我的身体分割七段
昨夜，我哭了一整夜

唤着幼时离世的父亲哭了又哭
唤着远走他乡的兄长哭了又哭
唤着任我撒娇的母亲哭了又哭
唤着折磨我肉身的佛陀哭了又哭

压抑着破碎、坍塌的心，悲痛时
倾听着破损、散架的身，颤抖时
从我疲惫不堪的手中
忽然散发不被任何人看见的某种光芒

从漆黑深处听见一个声音
收起支离破碎的身子朝冷冷的窗爬去
像是某人满盈微笑的眼睛
无比晴朗的天空中显现了一首诗

毫无痕迹地抹去我欲死的念头
黎明的清风中燃起明亮的诗行
不由轻叹，俯首致谢
彻夜折磨我的顽固的病症

创作时间：2007 年

每夜撕下一页黄历……

每夜我撕下一页黄历
然而又是谁的手撕下了叶子
我心怀恐惧细细清点
迅速转变颜色的这个时代

高高悬挂的黄历
每天只掉落一页纸
可怜的叶子却分秒不停在凋零
喔，这是谁干的杀戮？

看着诸多死去的生灵
不由心酸却麻木而行
难以置信自己为何这般习惯
如此迅速结束的生活
乃至死亡

创作时间：2009 年

有着羽翼的佛陀是仿造的？

有着羽翼的佛陀是仿造的？
没有羽翼的我是仿造的？
三只眼睛的佛陀残疾呢？
两只眼睛的我是残疾呢？
散发光芒的佛陀是活的？
接受光芒的我是活的？
是佛陀？
还是我？

创作时间：2007 年

椅子

我的心中有一把椅子
心形的
干干净净、崭新的
高高的椅子

不是用钢铁制作的
不是用木头制作的
但它从不摇晃

当我出生时同我在一起
当我死去时它依然还在
结实的椅子

做工精致
绝无仅有
真想一直看着它

无论是谁不管在哪里
没见过,也见不到

坐过它一回的人
就想一直坐着
温暖而柔软

一万个男人祈求过
求过很多次
谁也未曾触及

那样一个高高的椅子
空空的椅子
直到现在

一直等候那么一个人
在我的心里……

沮丧的话

明日清晨太阳会升起么？
升起

也许它比今天
更红
也许比起昨天
无风

向着无声永恒的火
整夜爬行时
每每失去方向迷惘时
奋斗时
像是那些小苍蝇
想唱出歌，却只是嗡嗡叫
我们为了让疲惫的心脏休憩
却让它消瘦

寻找终点流浪的
无始无终的
容易迷路的房子里，我们

为了死而活着

明日清晨太阳会升起么？
不知
或许，对你而言
或许都不会有明日

幻化

游走的风在枝头
鸟一般栖息
像是不再醒来
幻化为叶子的味道

像是修禅喇嘛的披风
庞大的黑色鸟儿
像是不再飞翔
睡着了

晴朗的碧空
飘扬如丝巾
忽地像一个顿号
静止了

恐惧之余我闭上眼睛
又过了一个瞬间……

我醒不了啊！

把所有剪掉的头发……

把所有剪掉的头发
从窗户扬洒出去
跟黑暗中的鸟儿
飞去再回来，稍等

没用的这个头发
没用的这个眼睛、嘴唇
真不该爱上你啊
没用的，这个破心脏

收起撕碎的信笺
拼命地攥在手中
不问我哭泣的天上
飞一番再回来，稍等

无谓的强烈的思念
无谓的那些晴朗的天
真不该那样等你啊
无谓的，这个破心脏！

没有你在身旁
何必盛开和放光
把眉毛都刮下来
撒在风里好了

如果

如果
为了谁无比伤心
心，白白地被扎了一下
如果
感觉不像谁，甚至不像个人一样
空空如也
如果
无法从光亮看到光
从春天看到春
如果
被一切遗落
独自留在家中

如果
所有的思念改了轨迹
在你的梦里都不再有踪影
如果
以为是永恒的疼爱
只是瞬间的瞬间
如果

下雪时欣喜若溢
忘了朗朗一笑
如果
悔不该自己过于善良
被无时不在的忧伤占据

没有一个寄托信任的人
连微笑都已远离你
迎来的时光气息
无法让你的手取暖
想立刻幻化为鸟的模样
永远地飞去
像是暴风中弯下的树
向生活投了降

仿佛被推进
反复传来你呻吟声的
无渊的深洞
焦急无比
万分郁闷
甚至感受入骨
厌烦自己的
那般巨大疼痛……

那么，不要紧，请打开窗户
面向阳光吧！
只是让苍天看到你的泪
请凝望安宁之眼！

你会重新看到云体瞬间散去
终究会散去
忽地懂得
其实这一切也会消失无踪
永远被遗忘

创作时间：2010 年

回声

房间里有两条龙在游弋
今天，是辰日！

胸前有小龙蜷缩
在这身躯的深处
被我的热血环抱
远古石化的蛋在梦魇

对着龙的魂，呢喃的诗句！
我这个龙女在这里孤独着
陨灭的世界之点点星光
夜夜在我的梦里眨着眼

今天，是辰日
我整天剥着我的皮
词语降生自我的疼痛
我，将化作远古的回声！

创作时间：2014 年 9 月

如果是这样，那么爱是什么？

如果是这样，那么爱是什么呢？
托着腮，我想了一整天
两只螳螂一起飞过
莫非是它？
两棵同根树
一棵青葱，一棵却已干枯
莫非是它？
守候远方的孤山忽然一声叹息
令人心惊
莫非是它？
"从此不再相见"的
预感中我不由心惊
莫非是它？

其实我对你毫无所求
却发现有唯一的祈求
莫非是它？
荆棘丛下蜜蜂筑了巢
这个强大的家族所有的汉子
哎呀，都想念唯一的蜂后

或者，莫非是它？
老天今日为何这般捉摸不透
阴沉着脸？
抑或，莫非是它？
无论何处，所有人都在笑
即便如此，一切都那么可怕
莫非是它？
托着腮，我想了一整天
像是伤口一样痛苦
哪儿哪儿都隐隐作痛啊！
莫非是它？

创作时间：2007 年 10 月

圣山之巅

看见
塔尔寺金色寺院上空徘徊的
烟雾般粉色灵魂的那一刻
从身旁如奔跑疾风而过的
红狗的眼中
微笑忽现而又转瞬消失的刹那

逐音拼读
一百年前离开了家乡
磕着长头磕到这里的
十二岁女孩脸颊上显现的
六字真言
唵嘛呢叭咪吽

靠近
来自无限的
以无边无际的光芒一样的词语
以佛陀的心跳一般的词语
装扮面容的
圣洁女孩

像是炎炎夏日里忽然发现
雪花
飘然而落的
神奇感觉
从衣角顺势而下
复而逆向而上
传遍周身

看见
存在于彼处和此处的
苍老的红色山头
在天光下如烛光般燃烧
时光暂且停下脚步
回首一望
发出长长的一声叹息
随着呼啸而去的风
猛然起身

那一瞬间团起的云
汹涌澎湃回声阵阵
不在天空散开
此岸和彼岸
融为一体
金色的寺院微微起身
复归安静打坐
复而微微打盹闭上双眼

在那里，一个小喇嘛像草一样战栗

仿佛要被风吹跑一般飘摇而行
怀抱中的三本经书、两条哈达
以及圣水
化作了一股力量

"是的"我想对全世界说这句话
隐忍的光在心间刚好点亮
头顶上有白度母和绿度母
并驾齐驱向我温柔地微笑

舍弃、执着、向往的预兆
同遥远的宇宙深处嘶鸣的
宽广的胸怀纯洁的伤感
以及热涌的泪水
一并喷涌

唉，如同回到了前世
唉，像是来自年老的时光
嗡嘛呢叭咪吽

创作时间：2011 年

在乌兰巴托

请看树木上生长的太阳们！
请看太阳上摇曳的树木们！
请你看看，从云朵上滴落的图拉河①
正在死去的老者们！

请看坐在那里啃手指甲的女孩！
请看在怀中筑巢的灵魂们！
请看瞬间被隐匿的红色房子
屋顶上躲藏的佛陀们！

他从那里指着我们
说了两句话，听听吧！
请看昨日就停在天空中的
飞碟的窗户！

朝着星星立下的这拴马桩！
姑娘们裸露的、发冷的脚踝！

---

① 图拉河：蒙古国中北部的一条河流，流经乌兰巴托市。

深锁着眉头，对厚厚的书
嵌入心灵的这个诗人！

请看镜子中的漆黑！
请看锅中鲜奶里的血！
请你看看，哭泣的鸽子们！
看看烟雾中的乌兰巴托！

创作时间：2011 年

无题

无意间发现一切都已开始！

像是做梦一样闪耀的那些日子深处
忽然睁开双眼一看
连心脏都收起自己，直至寂静的
那样巨大的宁静中
自我的双唇仿佛有一曲粉红的旋律
温柔地响起并荡漾开来
触及你的唇，钻入你的深处
遍布了你的身体

我们
世界上第一次
共同演奏了一部圣乐

被你紧握的手牵着
忽然从地面升腾
睁开惊吓的双眼
身边正有诸佛双手合十
念诵着经文

只有你以无常的力量
将我托举到天上
让我清楚地看到
与我有缘的那些佛经的词语
让我懂得
抵达力量、毅力、忠诚
圣洁美好的巅峰
我们都需要一起承受
作为接受这一切的象征
我们再一次共奏一曲

呵，已胜过你的母亲
成了你的家园，我！
所谓的祖国
对我而言，就是你！

为了共同演奏过的，将一起演奏的
所有的曲目
我们彼此相欠

你的春天是我！
你的冬天是我！
你最大的胜利是我！
你真正的结局也只能是我

创作时间：2010 年

清晨下的雪，全部……

清晨下的雪，全部
化为鸟儿，黑暗中飞了
只有一枚小小的翅膀似的雪
沉睡中留在了柏油路上

赤裸的身上披着帷幕
从冷冷的窗口跳下
朝着胸口有蓝色羽毛的小小的雪
急急地跑去

我是孤独的光
我是孤独的净
我是孤独的天真

你不在时，我一直在微微颤抖
我的小小的雪！

星星的碎片折射的光
照亮了近处的黄昏
即刻，我就奔你而去

去了，小小的雪，去了！

不，这是……

驶来的车灯携一阵风
幼小的雪忽然升腾
轻轻地扑闪着翅膀
临近了遥远的天门

哎呀等等！等一等！
嘴里念着我的佛啊……请等一等！
我没来得及对她说一次
就一次
就一次……
也没来得及说啊！

创作时间：2011 年 3 月

致

总是从一旁看着我
自己却不见影，不闭的眼
总是哼唱一首歌谣
别人听不见的，沙哑的嗓音

总是庇护我的
非人的朦胧的蓝色躯体
除非是死，都不会遗弃我的
原始的，白色光

向您请安，以此诗当作见面礼

掌控并摧毁直至我的梦
引起共鸣的，共同生活者
将面容隐匿于我的心脏
隐去容颜的隐形者

惊醒时手指压着唇
怯怯地提醒一声"嘘——"
想要驱赶时，发出轻轻的笑

依然飞翔的，无声无息的跟随者

悄悄钻进人们当中
不分昼夜地让人苦痛
虽像往日的回忆近在咫尺
又像旧日的记忆遥远的存在

向您请安，为您献上这首诗

创作时间：2013 年

一瞬间

不远处飞过的两只蝴蝶的风中
遥远的天际困倦的粉色云朵
忽然飘动

遥远的天际
困倦的粉色云朵的飘荡中
二十岁的那个女子
裙角忽然被掀起
瞬间的
这个隐秘的关联
消失无踪

一见蝴蝶、云朵、女子之间拉开的
敏感的雾一样稀松的线
眼前忽然闪现我前世的生活
    （我是匈奴公主
      你是匈奴战士）
才想起我们曾许下今生再见的约定

原来，出生之前我就亏欠你啊！

面对你的血、面对你的命
为了我而遇难的英雄……
只是为了你，我又来了……

感激两只蝴蝶，刚刚望向天空
它们展翅像是牵手合二为一
看见俏皮的云朵对我眨眼微笑
心中唱着你，往家跑去

　　　　　　　　　　创作时间：2011 年 9 月

我本是蓝蓝的

我本是蓝蓝的
我本是点、点、点
我是胜过云朵的云，胜过水的水
本是不可捉摸的
我是风的身体，是鸟的飞翔
本是冬日的寒风
我本是无限的，爱的舞蹈
我的身体内部本是一个满满的世界
我的眼中本来满满的是天空
我原本独自明白
时间存在于哪里
本来能够命名每一片雪花
本来从不畏惧
奇妙、神秘的生活
本来从不退缩将手指伸进火中
唯独在你面前不会燃烧、屏住了光
像是你手中的一朵玫瑰
为何静静地低下了头啊

创作时间：2003 年

当你不在的时候

在我眼里的蝴蝶、草帽、镜子、蜡烛
在我眼里的女人、梨、树、鸟
在我眼里的手表、钥匙、云朵、天空
在我眼里除了你之外的所有东西

蝴蝶的翅膀，美丽的草帽也让我忧伤
因为这里唯独没有你
太阳不是金黄的，树木不是翠绿的
因为这里唯独看不见你，听不到你
耳朵无用，眼睛无用，什么都对我无用

全世界，时间，生活都很黯淡
只有亲爱的你在黑暗的黑暗中清晰
无用的这个光，太阳，无用的太阳……

创作时间：2003 年

我不同于他人

每当微笑着走向幸福
知道自己对生活从未有过什么期待
除了春天，什么都对我无用
除了秋天，什么都无用

爱和愿望，不是我走过来的路
我不畏惧黑暗也不逃避死亡
每当倾听擦肩而过的某一个心跳声
我以预兆感知自己不同于他人

对我而言什么都无用，除了太阳
除了太阳，我不信仰任何事物
每当逆着不堪的命运前行时
就知道自己早已脱离过去的生活

创作时间：2002 年

抵达月亮的天梯上

我走在这个天梯上、走着
走着走着就能抵达月亮
遥无终点地向上、向上
向上而去，就到了地面上
我从那里寻来无色的土、无味的草
悄悄地夹在笔记本中

当我一阵阵伤感
用笔的眼睛触摸笔记本

当那个无色、无味的，我的秘密踮起脚尖……
哦，我该怎样描绘呢？
我偶尔找不到麻绳般细细的天梯
朋友啊，那时我可真想去死

创作时间：2002 年

想推倒这座房子，盖起别的房子……

想推倒这座房子，盖起别的房子
想堵住这条路，铺新的路
想剪掉姐姐的头发
想让哥哥留起长发
额吉啊！我想把这个世界
闹个天翻地覆

下雪的时候，让青草生长
时间忽然在食指上停止
将死亡命名为真正的生活
想把余下的年岁给予秋叶

我不想当欲望的主人
想做小鸟或者是蚂蚁
我想从世界的北端
开始全新的一切
真想打着肥皂
将这个生活洗个干净

创作时间：2002 年

树市上，下着雪

树木上，下着雪
颜色已变的最后的叶子
是否在疼痛？是否在伤感？

伟大的寂静——雪
伟大的生活——叶子
伟大的死亡——秋天
我无法把视线从它们身上挪开
树木上，下着雪

为了从我的心里
一一离去的人们
为了像叶子一样凋落的他们
我无比的伤痛属于昨天，属于夏天
树木上，下着雪

然而此刻在我的心中早已有光
在异常寂静的
树木之上

创作时间：2002 年 9 月

用笔触摸着发干的嘴唇……

用笔触摸着发干的嘴唇
望着墙壁坐到天亮
窗帘外太阳在升起
窗帘外黑暗在撤离
生活的一天向我奔来
一天，从我的生命里无声断落

本来可以品尝的
满是幸福微笑和光的昨天
早已死去，倒在房间的地板上

明天的天空将抹去今天的天空
明天的太阳下我将成为截然不同的人
这一个个瞬间像风一样永不回首
令我伤心欲绝

即便如此
用干涸的笔触摸着嘴唇
我依然望着墙壁独自静坐

创作时间：2002 年 3 月

长在镜子里的叶子

远古的雨敲打窗子是现在时
闻到难以置信的潮湿的味道
十二月
女人香烛之身——月亮的信号
啊啊啊
这里没有我
听到一页黄历断落的声音

朝镜子一看，依然是夏天，还有一枚红叶
低头而坐的人影
失去的时光掺杂的记忆：
一切都是空的
生活过的，不曾生活过的所有昨日

墙上的钟表、手表、桌上的闹钟
朝向哪儿，都会面面相觑的岁月
从镜子里轻轻掐断那枚叶子
刚走向渐渐清晰的晨曦
又听到一页黄历断落的声音

创作时间：2002 年 11 月

任性

你若再让我哭泣
我就变成云朵
一阵风儿吹来时
就飘散在天空
你若再让我伤心
我就变成窗台上的花
你就是跪着求我都没用
我会沉默着不说一句话

泪水不是从眼睛里流出的
我的心才会一滴滴地滴落
你就这样洞悉了我的秘密
我就是太容易中你言语的毒
如果我再一次从睫毛滴落
如果我再一次心碎断肠
你要想到她会变成彩虹
将会永远地消失无踪

创作时间：2002 年

想在朝着星辰生长的树上……

想在朝着星辰生长的树上
筑巢安享舒适
久久地躺在离天宇最近的地方
观察众人和世事

偶尔一阵风
变幻可见的一切面容
巢中探出头
让叶子以为我是叶子
让树枝以为我是树枝
直到成为寂静的一部分
做八九十年或一百年的梦，该有多好

品味并等待着
越是孤独越能感知自己在活着的
每一个瞬间
哎呀，那该多美好！

创作时间：2002 年

写在水面上的字

像鸟儿不在天空中留下踪迹
像鱼儿不在水中留下身影
你走进我的生命又走了出去

没有鸟儿的天空……
没有鱼儿的河流……
没有了你，留下来的我
不再是我自己

虽说你的话像写在水面的上字一样模糊
你的吻从我的嘴唇与我的口红一起消失
你走进我的生命变成头发，长在我头上
走到某处已然断落

你走进我的生命
化为泪水在心里凝成一汪水
又流干了
从我的身上获得自我的

一枚小字，你
被另一只鸟儿衔着回了它的巢

　　　　　　　　　　创作时间：2003 年 5 月

触痛

黑暗的房间深处清晰地回荡
从哪里落向哪里的一滴滴水？
一滴滴的声音，一个个声音
像是没有尽头地持续，一丝丝声音

捂着耳朵也能听得见
无声无息的声音
何时开始的触痛啊
谁人遗落的忧伤？
深深的夜里清晰地传来
无声临近的一滴滴……

创作时间：2003 年 10 月

我的心中有这样一个忧伤

1.

我把掌中的蓝色珍珠拿给别人看了
从此再也不给任何人看，再也不摊开手掌
我再也……佛陀的眼
我再也……天空的颜色

2.

望着我的蓝色珍珠
无法言说的忧伤穿透我的心
哦，你我曾是一体
请你饶恕吧！我再也……

3.

生活将如数奉还
从夜晚的萤火虫般神秘的 —— 我的心
夺走的一切！
那时候，我会像蜡烛一样

点亮黑暗
那时候，我，请你宽恕！
再也……

创作时间：2003 年 3 月

我为何

我为何这……这样啊？我的额吉
我为何没有像您那样波浪般的长发
我为何没有姐姐那样温柔、随和的微笑
我为何像父亲那样有着刚正不阿的性格
我为何……为何只有我该写诗呢？

我这骄傲的、燃烧的心里
有着巨大的蹄声
虽然享受着人生的幸福却不留恋生活
清晨晴朗的时候有着关于黑暗的思虑
沉浸死亡的思索，胜过爱情
如此这般时，我是谁啊？我的额吉

下了雨就哭泣，不下雨就伤感
坐立难安，像个小鸟
看见眼泪会惊慌，想帮着擦拭却挨巴掌
后背上长着翅膀，翅膀上有印记
我是谁的灵魂啊？我的额吉

我以谁的愿望，替谁在说话
为了谁，让心灵滴落这一行行诗句

创作时间：2002 年

酷暑之诗

脸颊上流淌着太阳的人们
流淌着、流淌着，像蜡烛一样融化着……
我喜欢没有一丝游云的酷暑
从每一滴滴落的汗水背后
才能走出真正的人
正在毁灭的人，即将毁灭的世界

站在消损一切的太阳底下
不分上下左右，我在坍塌在脱落
从早晨盖到晚上的
小房子屋顶上
用伸不到天空的手
向上、最后一次……
被流淌着、流淌着，像蜡烛一样融化着……

创作时间：2002 年 9 月

我厌烦自己……

我厌烦自己
我的身子、我的眼睛、我的心都不属于我
我认不清自己
我写的、想的、预感和诅咒的
跟我毫无关系

明日清晨迎接我的太阳
明日的明日将会遇见的人们
总是熟悉的、总是老的、我所知的未来

知道自己走过的这条路
走到哪里会是终点
不属于我的手，折断花朵的翅膀
不属于我的嘴，说着风言风语
越是无所期待，越是被愿望困住
抵达不该抵达的地方，看到不该看的事物
我有点怕自己

自然可以成为天的一部分
自然可以幻化为阳坡的榆树

然而，为了梦中就可看见的明天
困难、穷苦的人们依然不堪而感伤

我因厌烦自己而感伤

创作时间：2002 年 11 月

发现每一片雪花的飘落都不同……

发现每一片雪花的飘落都不同
每一刻都是死亡
为了发现这些，我死了十年

苦难是在心里
苦即是生活
为了明白这些，我迷惘了十年

丝缎的面儿上没有暖
镜中的月亮会变得无光
为了明白这些，我眼瞎了十年

欲望是地狱
抵达便是终结
为了懂得这些，我拼了十年

为了遗弃
得到的所有、终于握住的一切
我还需要一百年

创作时间：2003 年 11 月

时代，我只见过一次时代……

时代，我只见过一次时代
在铜漆斑驳的旧镜子里……
当它用阿爸的眼睛看着我时
我仿佛要病倒了，仿佛要老去……

心脏仿佛要停止，难受了一阵
它还是梦一样模糊，一直那么看着我
刚好那时我到了三十岁
像是香烟的烟雾一样消散之前
笑得怎么那么神秘呢，他

创作时间：2002 年 11 月

寂静的呐喊

我把你称之为寂静，我的太阳
我把黑暗称之为寂静中的呐喊
……太阳底下总是黑暗一片
佛陀跟我细语时，黎明渐亮

黎明天色发白，白昼诞生于夜晚
认识了死亡，是生活的一部分
永远、永恒、无限、空、深邃
在天空中散发光芒的
哦，这巨大的寂静……
我知道自己已临近寂静

创作时间：2003 年 4 月

在你眼中闪耀的蓝天上

那时你眼中的天空是蔚蓝而广阔的
那片天空上，虽然看不到
云朵、群鸟、飞机的拉烟
我特别希望自己看不到它们
是啊，那时你凝视着我的眼站在那里
忽然从你眼里的天空飘洒了雨
仿佛看到你的脸上，满满是春天
可惜那时已经到了秋天
那连绵不息的雨，是你的泪

在你明亮的眼中闪耀的蓝天上
飘零的一枚叶子忽现又变模糊
就在那个瞬间仿佛有一个回声
从天上，不，从你的眼中
回荡
临走的时候你跟我说"忘了吧"
那一刻，天空在你眼里已经荡然无存

创作时间：2002 年

草上映着天空的颜色……

草上映着天空的颜色
清晨来临
世上没有什么昨日留下的东西
另一些树木、另一阵风

从远古升腾的红日
仿佛今日刚刚升起一般崭新
那个忧伤不见了，那个幽怨没了
我从另一个时代的怀里醒来

起来，我又起来了
我的心是新的，另外有了信心……

创作时间：2003 年 8 月

关于星辰飘落的雪……

关于星辰飘落的雪
关于雪中生长的树
关于从树木诞生的春天
关于春天创造的世界

为了写它们，我逃离着死亡

关于从草丛升起的太阳
关于自太阳起始的天空
关于从天空降生的鸟儿
关于由鸟儿创造的愿望

为了写它们，我逃离着生活

创作时间：2003 年 11 月

躺在床上，躺在房间里……

躺在床上，躺在房间里
为何有很多红色的鸟儿落在身旁
从众多的红鸟身上闻到了水的气息
为何就听见不曾涉足的湖泊的讯息？

红红的翅膀滴落着朦胧的光
悄悄融入沉睡的黑暗的某一个角落
四面的墙壁中满是湖水激荡的声音
从眼神如焰的飞禽看见风起风又落

谁在漆黑的天上给我派来
快要飞走的夜晚的驿鸟？
躺在床上的时候，在我瞌睡的心中
为何齐齐点亮那么多的蜡烛？

创作时间：2003 年 12 月

只有我能写下最美的诗篇……

只有我能写下最美的诗篇
只有我会哼唱最忧伤的歌

只有我会所有的最、最、最
我却有着最先老去的残酷约定

佛陀和我已经说好
我只剩下了 "……" 天
在我的右肩上
一只飞蛾落下

不惊动这只飞蛾
要在你耳边轻声说
我最后的诗句：
"人们，我爱你们！"

为了不被生活占据……

为了不被生活占据
为了不迷路
为了不屏住光

哎呀，也为了不在生活中慌乱
为了不被淹没
为了不离开自己的内心

为了永远发自内心地笑
为了离真很近
为了至死都"活着"

为了向仇家敞开大门
为了能忍受每一次疼痛
我写诗

偶尔我也会厌烦
偶尔我也有失耐心和宽容
闪光的词、善良的心以稚嫩的诗行宽慰我
像是突然出现的导师，成为一个方向

即便像个活活被剥皮的狼一样生疼
为了不失去热爱生活的信心
我写诗

我写诗！

因为我写着诗
我是纯洁的
我是活着的
我是干净的

创作时间：2013 年

鸟儿从身旁飞过时……

鸟儿从身旁飞过时肩膀会发痒
前世我也曾飞翔过
风儿在身旁飞落时双脚会疼痛
那时我还曾是叶子

有着红色花纹汁液饱满的绿叶
每每它生长，我都会赞美春天
每每它凋零，我都会歌唱秋天
那是凋零复凋零却又生长的向往

慷慨的佛陀把笔蘸在黄色的光里
经常在我的身上写下诗篇
所以我生为诗人
为了逆着寒冬而行
为了闻一闻天上飘落的雪
我生而为人

创作时间：2002 年 1 月

佛陀的明信片

冬天的树上飞落的红鸟
昨天寄给今天的明信片
雪地上点亮的光翅

我的岁月，我在望着你

挂在寂静之树纯洁的枝头
鲜活的红色围巾是时间的帆
插在无边无际的白茫茫中

啊，我的昨天，啊，我的明天
佛陀寄给我含泪的双眼的
秘密的信笺……
它现在就要飞了

创作时间：2003 年 11 月

掌声中

黑暗只是帷幕
从来就没有过什么夜晚
黑色的帷幕后端坐着
望着我们鼓掌的诸佛

他们漫无目的地看着
我们做梦、纵欲的夜晚景象
内心却听不见我们的恐惧和呐喊
他们不知道这就是我们的生活

每当微笑的诸佛鼓起掌
获得信心的人们失去方向
期待、沉迷、卸妆、迷惘的演员
从来看不见幕后的眼睛

创作时间：2002 年 5 月

边界

我曾经梦过这个边界
总在周围的无法穿越无法抵达的边界
生活中我一直朝着它匍匐
有幸已经得到了它

现在可以不再忧伤
现在可以不再哭泣
不再喷涌和燃烧
不再为太多事物忧虑和发愁

劝慰自己倔强的小心脏
仅是微笑着回忆
曾留在疲惫的眼神中
那朵芳香的粉色花儿
怎样被风触动而颤抖

创作时间：2003 年 1 月

时光并没给我留下什么

时光并没给我留下什么
最终，我不白也不黑
我并没能从时光获取什么
留在我脸上的不是痛苦也不是幸福

一直望着天，我并没变成天
依然还是舍弃、隐忍并逆流而上的人
一直这样活着，并没过完这生活
哎呀，又知即便死了也无法得到真

创作时间：2003 年 1 月

永恒之水滴

无形的天空忽然下起无形的雨
是谁呢？那个女子的头发变得蓝蓝的
不知自己是受天之恩赐的女子
蓝蓝地伫立在那条街道的尽头

不知是星星还是太阳的碎片在穿梭
化作一场特殊的雨流淌在我们的城市
可惜人们躲进了屋子
拉上层层的窗帘避开寒冷
唯独我打开所有的窗扇
用身心迎接春天流浪的诸佛
从此以后，我成了永恒之水滴
从此以后……这即是我写诗的原因

创作时间：2002 年 10 月

我就是我

我就是我
我特别爱笑
我就是我
我有三只手
我喜欢看死去的动物的眼睛
我就是我
我比任何人都自我

我也是你
我们喜欢生活在一起
我也是你
我们在一起只有一条腿
我也是你
我们喜欢做推倒将倒之人的游戏
我们的手在一起
在一起，我是我们

我就是我
我是原本的我

那么说我们是谁才对呢
我一定不是我

创作时间：2003 年 10 月

译后记

　　我从 2009 年开始关注并翻译罗·乌力吉特古斯的诗，2010 年 4 月获得她的翻译授权书，2015 年与她相约乌兰巴托并一见如故。在我和罗·乌力吉特古斯本人一见如故之前，和她的文字早已一见如故。感觉她所说的忧伤是缠绕我多年的忧伤，感觉她所说的疼痛是我感受多年的痛，感觉她的呐喊是卡在我喉咙的那一声吼，感觉她的叛逆就是我骨子里的叛逆……在诗歌的内部，我与她相遇相知甚为欢喜。最有"感觉"的时候，我曾一夜译过她的十首短诗，基本一气呵成。我想，这样的翻译也是屠格涅夫所说的灵感"神的君临"吧。

　　这个译本，开始翻译，停顿，再译，到最后出版，是一个八年的漫长工程。2010 年，缘于一些情况，我曾承诺过罗·乌力吉特古斯，如果她的诗歌，三五年内无人翻译出版，我会考虑给她翻译出版。2016 年，内蒙古人民出版社启动"蒙古国文学经典译丛"长期计划，继《蒙古国文学经典·诗歌卷》，让我做随后几年的选题报告。按照约定，我联系了罗·乌力吉特古斯，告知她如果愿意，我可以把她的诗歌译本当作 2017 年的选题申报。她欣然同意并帮我筛选了诗。

　　她的诗歌以独有的自我内省路线，彰显着独特的个性，又从事物的内在关联切入，表达着自己的情感与认知。我面对的是一个无比自我、无限自由的灵魂。我和她有再多共鸣，毕竟还是不同的两个个体。所以，忽然感到译诗有时也像猜谜语。从而，面对诗歌翻译，我有了越来越多的敬畏和不敢，有了越来越多的如履薄冰。直到最后交稿，我反反复复审了九次。即便如此，还是无法保证译文是完美无缺的。这，也许是诗歌翻译永远难免的遗憾。

罗·乌力吉特古斯说："诗歌，是可以自由的艺术，它不是话语，它是'语'想表达而不能的'话'。"她在自己自由的话语世界里以诗歌的方式叙说着"真"。她与她的文字以"真"的面孔出现在蒙古国诗坛，让人不由想起俄罗斯于 1912 年出现了阿赫玛托娃。

罗·乌力吉特古斯以诗歌的自由式将感情的爆发与隐忍，执着与厌弃，刚强与柔情，平静与骚动，全部还给了灵魂的自由式。可以说，我喜欢她的每一首诗。那些相对传统蒙古语诗歌而言，偏口语化的诗歌，像一阵阵有力的文字清流，涤荡着读者的心。她的诗真挚，灵动，神秘而极致。她几乎每天在写诗，不写诗，她可能不能活。诗是她唯一的使命，而你却永远猜不出她的下一首会写什么。

她又似蒙古国的"艾米莉·狄金森"，平日深居简出，但心却领略着宇宙万物，甚至与宇宙万物息息相通。只是她比艾米莉·狄金森幸福很多很多。她的夫君贡·阿尤日扎那是蒙古国著名作家、诗人，翻译家，文学评论家，出版人。他们有三个可爱的儿女，是一对志同道合、琴瑟和谐的诗坛伉俪。

看见山峦就知道自己是山
寓目雾霭就发觉自己是云
细雨纷飞后感觉自己是草
鸟儿开始鸣叫就想起自己是清晨
我不只是人

星光闪烁时知道自己是黑暗
姑娘们的衣衫单薄时想起自己是春天
当世间所有人散发同一个愿望的气息

才明白我向来安宁的心是属于鱼儿的
我不只是人

这样的心境是澄静的，无瑕的，更是无私的，她把自然的自己还给了万物自然……她"向来安宁的心是属于鱼儿的"，胜过莱蒙托夫所言"我那不安的心灵就归于宁静"……

我是努力过了，真心想让罗·乌力吉特古斯成为罗·乌力吉特古斯。至于是不是做到了，这个问题就交给读者，交给时间吧。

愿读者们以各自的"真"、以"自然"的阅读，去认识这位蒙古国女诗人以及她的诗。

2017 年 4 月 29 日
北京海淀